衛斯理系列 少年版 13
異寶

作者：衛斯理

文字整理：耿啟文

繪畫：鄺志德

衛斯理
親自演繹衛斯理

老少咸宜的新作

　　寫了幾十年的小說，從來沒想過讀者的年齡層，直到出版社提出可以有少年版，才猛然省起，讀者年齡不同，對文字的理解和接受能力，也有所不同，確然可以將少年作特定對象而寫作。然本人年邁力衰，且不是所長，就由出版社籌劃。經蘇惠良老總精心處理，少年版面世。讀畢，大是嘆服，豈止少年，直頭老少咸宜，舊文新生，妙不可言，樂為之序。

倪匡　2018.10.11　香港

主要登場角色

白素

齊白

衛斯理

卓絲卡娃

陳長青

鮑士方

第十一章

大混亂

　　我用手掃了一下桌面，沒有碰到那塊合金，**異寶**已不在桌面上，不知落入了什麼人手中。

　　既然異寶已失，我們留下來也沒有用，而且催淚的濃煙瀰漫，我們必須盡快離開。

　　此時，我感到一陣疾風迎面襲來，以為有人襲擊我們，連忙翻起**桌子**抵擋。

　　接着我聽到桌子與物件相撞的聲音，同時，那撞擊力從桌子傳到我的手臂，我憑感覺便知道發生什麼事，原來只是*屏風*在混亂中被人推倒而已。

我忍着催淚濃煙，張口對其餘四人喊問：「你們沒事吧？異寶被人搶了，這裏不宜久留，快走！」

喊完後，我馬上嗆得咳嗽連連，但我聽到他們都應了一聲，便放下心來，向出口方向衝去。

大廳的門極寬闊，人已經疏散了大半，我衝出大廳後，看到酒店的大堂、走廊上亂成一團，警鐘鳴得震耳欲聾，人們你推我擁地從大廳裏逃出來。

外面的濃煙，比起廳堂裏，自然小巫見大巫，可是那濃煙中的催淚氣體，依然十分強烈，而且室內環境不可能有一陣強風吹來，把濃煙吹散，即使走廊和大堂中濃煙不多，也足以使人難以忍受，紛紛向酒店外面逃去。

這時候，我看到陳長青拉着溫寶裕，夾在人叢中奔了出來。我連忙迎了上去，不敢再張口說話，只是向酒店的大門指了一指，示意他們立即到外面去。

陳長青 雙眼通紅，淚流滿面，點了點頭，就向酒店大門奔去。這時，白素在前，齊白在後，也從廳堂逃出。隨着許多人衝出來，帶動了氣流，自廳堂裏冒出來的濃煙更多。

齊白和白素看到了我，我們只能互相點頭示意。

製造混亂的人達到目的了，這簡直是一次專業的軍事行動，僅僅三四分鐘，有毒的濃煙已通過空氣調節系統，向整座酒店迅速擴散，樓上的住客也尖叫着從樓梯衝下來。

在這種情形下，我們還能不撤退嗎？只怪我們太有自信，以為卓絲卡娃即使想來搶奪異寶，在接近五百人的場面下，也做不出什麼行動來。而且我們五人嚴密看管着異寶，又有屏風阻隔，加上我和白素的身手，**有誰能在我們面前奪去異寶？**

結果驕兵必敗，誰想到對方敢用催淚濃煙這一招？變故來得太突然，我們對此一點防備也沒有，別說一具 **防毒面具**，就算一副普通的 *風鏡*，我們都沒有準備。

　　我、白素和齊白三人，在人群中推擠着，一起向酒店大門奔去。

　　幾經辛苦終於奔出了門口，來到露天處，連吸了幾口氣，才算勉強定過神來。

　　酒店門外的空地上，擠滿了看熱鬧的人，同時還有許多人像潮水一樣，自酒店中湧出來。警方人員還未趕到，場面一片混亂和恐慌。

　　一等到恢復了可以説話，齊白第一個急忙啞着嗓子問我：「是誰搶走了我的異寶**？**」

　　我搖搖頭説：「不知道。但他手背上給我重擊了一下，誰手背上留着紅腫，誰就是嫌疑人。」

　　齊白立刻**金睛火眼**地盯着酒店大門，並催促我們：「快留意每一個從酒店裏走出來的人！」

我們明知希望十分渺茫，從酒店擁出來的人上千，哪能一個個看得清楚？況且偷異寶的人是有備而來的，自然早着先機，理應比我們更快逃出酒店。

我打算分頭行事，讓齊白、陳長青和溫寶裕留在門口監視從酒店出來的人，而我和白素則嘗試在附近兜截。但當我望向白素時，她快一步說：「下手的人，留在酒店內的可能性不是很大，但我先要去制止混亂，樓上的住客，可能以為發生 火警，情急之下，會從樓上跳下來。」

我登時感到十分慚愧，一直只想着奪回異寶，竟忽略了其他人的安危。我點點頭，立刻將外衣脫了下來，扯成兩半，將一半給了白素。

我們兩人把扯開了的外衣，緊紮在口鼻上，充當 口罩，雖然不見很大效用，但總比直接吸入毒氣好一些。

我和白素又擠進酒店去，大堂依然亂成一團，我們一下子就被擠散了，我只聽到白素含糊地叫了一句：「我去開啟防火系統。」

我正想去幫她的時候，卻看到齊白也匆匆闖了進來，我連忙向他揮手，勸他到酒店外面去，可是他像是瘋了一樣，不斷抓起別人的手背來看。

就在這時候，忽然像下大雨般，各處都有水柱噴射而下，我知道白素一定已開啟了消防系統，灑水器在噴水。

同時，在極嘈雜的人聲中，擴音器 裏傳出了白素的聲音，她鎮定地説：「請注意：酒店發生了意外，但絕非 火警，各位絕對安全，請保持鎮定，有秩序地離開酒店。注意，有意外，但不是火警……」她用幾種語言，不斷地重複着。

催淚濃煙被大量灑下來的水沖得消散了許多，我一面抹着臉上的水，一面向我們集會的廳堂看去，真是**遍地狼藉**。

齊白也被水淋得冷靜了一些，他自然知道，**匪徒**必定早就逃去了。他的神情沮喪到極，我扯開了紮在口鼻上的衣服，安慰他：「不要太沮喪，一定是**俄羅斯人**■幹的事，知道敵人是誰，自然就有方法把東西奪回來。」

警車聲自遠而近傳來，沒多久，一隊**警員**便衝了進來，衝在最前面的一個，赫然是我所認識的黃堂。

我不禁大喜，連忙對他說：「快通令海陸空各離境關口，禁止一個叫**卓絲卡娃**的俄羅斯女人離境，她的身分是俄羅斯科學院的高級院士。」

黃堂呆了一呆，「這裏——」

我着急地催促他：「不要這裏那裏了，事情**十萬火急**，這俄羅斯女人可能運用 **外交特權**，但無論如何，不能讓她離開。」

黃堂見我態度如此認真，便立刻致電通知總部去辦。

這時，酒店的幾個負責人，也衝了進來，其中一個當值**經理**，指着齊白，**氣急敗壞**地說：「是他。場地是他租用的。」

一個看來職位十分高級的中年**洋人**，氣勢洶洶來到齊白面前說：**「我要你負責！」**

但齊白冷冷地道：「我不要你負責。」

那洋人還沒弄清這句話是什麼意思，齊白已經又說：「我會把這間酒店買下來，而且，不會交給你負責！」

那洋人張大了口，半响合不攏來。

我們都不再理會他，又一起回到了廳堂，看到**天花板**上，黑了一大片，*煙幕彈* 裝置應該就是裝在那上面了。我

們向黃堂簡單交代了事件，便一起離開了酒店，先回到陳長青家裏再説。

剛到達陳長青的家，我便接到了黃堂的電話，他説：

「衛斯理，你在搞什麼鬼？你要我阻止出境的那個卓絲卡娃——」

我忙問：「怎麼啦？截住她了？」

黃堂悶哼了一聲：「昨天上午她就離開了，你還叫我阻止她出境！」

第十二章

濃煙上的影像

我呆了半晌，頹然掛斷電話。

卓絲卡娃昨天就走了，這有兩個可能，一是事情與她無關，否則，就是她行事佈置精密，一切計劃好了，便先行離去，不論行動成功與否，事後她都可以**振振有詞**地抵賴。

當然，我們五個人都相信是後者。

齊白很沮喪，煩躁地走來走去，在大家都思索着如何

追回那異寶的時候，我卻想起了另一件事，精神為之一振地問：「濃煙一罩下來的時候，你們可有看到什麼奇異的景象**？**」

正在踱步的齊白立即停下來，一臉 **驚詫** 的神情，「原來你也看到了？我還以為自己眼花，我看到的情景，就像⋯⋯就像⋯⋯」

在他不知道該如何形容時，白素接了上去：「就像**放映電影**，光柱投向濃煙，而濃煙起了銀幕作用，令人看到一些影像。」

白素這樣説，自然是她也看到了，我和齊白異口同聲問：**「你看到了些什麼？」**

白素説：「我看到一個類似圓筒形的物體的某部分，很難説出確切的樣子來，那是極短時間內的一個印象。」

我也説出我所見：「我看到像飄動着的什麼布片，色彩

十分**瑰麗**。」

陳長青看到的，是一些閃耀着金屬光彩的尖角或突起物。溫寶裕看到的，是一截類似圓棍狀的物體。

也許那塊 **合金** 每一個小平面所射出來的光芒，在濃煙上投映出不同影像，我們五個人從各自不同的角度，便看到了不同的影像。

只有齊白還未説出自己看到了什麼，所以我們一起望着他。

他遲疑了半晌，才**支支吾吾**地説：「我不敢肯定……當時的情形那麼惡劣，但是……我認為……我看到了一隻……一隻**人的手** ☞！」

我們都説不出自己看到的是什麼東西，但齊白卻清楚地看到了一隻手！

不過即使如此，我們仍無法理解這一堆影像到底代表了

什麼意思。

　　陳長青嘆了一聲，「唉，那真是寶物，可以作無窮無盡的研究，可惜……」他連連搖頭，沒有再說下去。

　　齊白一拍桌子，站了起來，「我這就去機場，用最快的方法到**莫斯科**去！」

　　「你全少把身上的濕衣服換一換。」陳長青說。

　　齊白憤然道：「來不及了，或許就在我換衣服的時候，恰好有一班飛機起飛！」

　　他奔了上樓，一下子就提着一個**小提箱**走下來，匆匆出門。我追上了他，「我和你一起去！」

　　齊白沒有拒絕，我和他一起上了車，由我駕車，在前往機場的途中，我們都沒說話。

　　我思緒十分紊亂，在**胡思亂想**一些不着邊際的事，例如想到：那異寶既然能接收人的腦電波，是不

是也能向人發放電波信號？如今它又是否感應得到我們的腦電波，知道我們正在尋找它呢❓

　　我接着又想到，齊白堅稱那異寶是活的，如果它真是活的話，那倒好了，因為它應該知道沒有人會比齊白更**呵護**它，俄羅斯人說不定還會將它剖開來檢查，所以，它是活的話，應該會發出信號求救吧。

我也覺得自己胡思亂想得有點**走火入魔**☠了，連駕車也分了神，好幾次差點衝上了行人道。

到了機場後，齊白到航空公司的櫃位詢問，我在一旁等他，腦裏仍然在想着那一大堆的念頭，突然之間，我感到整個人**震動**了一下，那感受十分奇妙，好像有人忽然向我喊叫一樣，但實際上我一點聲音也沒聽到，只是一種**感應**，我感到那異寶所在的方向，而且離我極近！

我抬起頭來，剛好看到前方不遠處有一個人，提着手提行李，樣子十分普通。

但這個人的動作，卻引起了我的注意，因為當我望過去之際，他正突兀地急速轉了身。

他是為了想避開我而轉身嗎？但他為什麼要避開我？難道他就是偷走異寶的人？雖然想法很無稽，但我不想放過任何線索。

那個人轉過身後，維持着正常的速度向前走，我很容易就趕過了他，突然擋在他面前問：「**你為什麼要避開我？**」

那是一個我從未見過的東方中年男人，他很 **驚駭**，但迅即又保持鎮定地説：「我不知道你在説什麼！」

本來我也沒有把握，但從他突兀地轉身，加上平均得有點刻意的步姿，還有剛才由驚駭到鎮定的快速應變，使我深信他受過極嚴格的訓練。

於是我大膽地試探他：「那東西的 **磁性** 太強，你通過不了 **海關** 檢查的。」

我的話才一出口，這個人立時以極快的速度向前奔跑，他並不是轉過身去逃走，而是在我身邊疾掠而過，向前奔去。

　　這是受過訓練的逃跑方法，在緊急情形下逃走，要爭取十分之一秒甚至更短的時間。若是轉身再蓄勢起步，就已經太遲了。

　　而我要轉身去追他，就吃了虧，雖然可能只是一兩秒的差別，但想想一百公尺賽跑，一兩秒已經是很遠的差距了。

　　我一面追上去，一面叫：「**抓住他！**」

　　在這樣的情形下，群眾的心裏自然覺得，被追着的，一定不是好人。

果然，我一叫，立時有幾個人幫忙攔住了他的去路，讓我成功追上來，截住了疑人。

但那人隨即大叫道：「警察，警察在哪裏？」

這樣一叫，群眾的心裏又變成懷疑我才是壞人了！

兩名 **警官** 聞聲趕來，我搶先說：「通知特別工作室主任黃堂，請他立即到機場來，同時，看牢這個人，別讓他跑了。」

他們一聽到我提及黃堂，先是怔了一怔，隨即答應着，一個已利用隨身佩戴的**通訊儀**，把我的要求轉達出去。

那個疑人厲聲道：「這算是什麼？我**登機**的時間快到了，憑什麼扣留着我？」

這時齊白也趕來了，我示意他不要作聲，因為忽然又有一股感覺，將我的注意力帶到那人的衣袋上。我只考慮了幾秒，便**孤注一擲**，伸手探進他的衣袋，取出了一個盒子來。

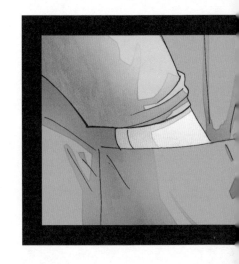

「喂！你想幹什麼？」他怒吼。

但我打開盒子，那塊合金果然在盒子內。齊白一看到了他的寶貝，高興得又叫又跳，一下子就搶了過來。

兩位警官不明所以，呆呆地看着我。我正想着如何解釋的時候，那疑犯卻趁機發難，掙脫逃走。

「站住！」兩位警官連忙去追捕，但我沒有去幫忙，因為要集中力量去保護異寶。

這時我的手機響起，原來是黃堂打電話給我，問我機場裏到底發生了什麼事。我笑道：「酒店放 **煙幕彈** 那宗案件，我已經幫你抓到一名 **疑犯** 了。」

黃堂顯得很高興，但我接着又説：「不過，他剛剛又逃脱了，你的兩位同袍正在追捕他。」

「**天！**」黃堂罵了一聲，匆匆掛線趕來。

但我不打算等他，馬上與齊白離開機場，開車回去。

在車上，我把事情經過告訴了齊白，由衷地説：「齊白，你説得對，它真是活的！它不願意落入對方手中，它知道你對它好，所以給我通了信息，告訴我它在什麼地方。」

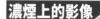

「**真是太奇妙了！**」齊白盯着手中的異寶，現出十分駭然的神情説：「會不會它根本不是合金，而是——生物**？**」

第十三章

人腦 與 異寶 的感應

齊白的想法實在愈來愈瘋狂了，我竭力保持冷靜説：

「怎麼可能是生物，我們分析過它的成分，是鐵、鈷和鎳的 合金 。」

齊白反駁道：「你把地球人拿去分析，也可以分析出 金屬 的成分來。」

「但它全是金屬。」我極力地提出質疑。

「第一，**X光**照射，證明它內部有我們不明白的東西；其次，或許 **外星生物** 就是全由金屬構成的。」

齊白説得頭頭是道，我一時間也無法反駁，只好保持沉默。

回到陳長青家裏，陳長青知道我們得回了異寶，興奮得又叫又跳。

溫寶裕又被家裏接回去了，而白素在我和齊白離去後不久也離開，於是只有齊白、陳長青和我三個人，我們把異寶放在桌上，圍桌而坐，凝神望着它。

望了半晌，我首先開口説：「這東西的每個小平面都能射出 **光柱**，投映成影像，而那些影像，可能藴藏着某種資料。」

齊白附和道：「**對！**可惜當時情況太混亂，一刹那的影像，根本無法讓我們理解完整的內容！」

　　陳長青立刻接了上去：「我們已經知道，它需要的動力是 能量，這還不簡單？只要再來一次，租一個**大球場**，集中幾萬人——」

　　我不禁苦笑道：「經過了酒店那一場混亂之後，你認為警方還會准許我們進行大規模集會嗎？」

說到這裏，我忽然靈機一動，想起卓絲卡娃曾說過，在她主持的 **人體異能** 研究中，有人可以用念力令物件 **變形**、**彎曲**。這是不是說，有特異功能的人，其腦能量高於常人許多倍，一個人就可以及得上幾千、幾萬，甚至更多的人？

如果是這樣，那麼我們只要找一個有 **特異功能** 的人就夠了。

齊白聽了我的想法，激動地反對：「和俄羅斯科學院合作？我不贊成 **！**」

我立刻安撫他：「你冷靜一點，我只是說要找一些腦能量特別強的人，但不一定要靠俄羅斯科學院。」

陳長青嘆了一聲：「上哪兒去找這樣的 **異人**？有了 **異寶**，還要找 **異人**？那還不如讓我去招募幾萬人來得簡單！」

陳長青說得很有道理，我自己也苦笑了一下，嘆一口氣說：「看來，要研究這東西，真的不是私人力量所能做到，我們不如索性將它公諸於世，讓全球 科學家 一起參與研究——」

我的話還未講完，齊白已經叫了起來：「不！寶物是我的！」

我不禁皺眉問：「你獨佔這寶物，能有什麼好處？」

齊白翻着眼說：「誰知道，或許能 長生不老 呢！」

我提醒他：「別忘記，這寶物在 秦始皇 手裏，也未能令他長生不老。」

齊白悶哼一聲，「但他統領天下啊！說不定就是靠這異寶！」

他這樣說的時候，已經把那塊合金緊緊地抓在手裏，像是怕我們搶去一樣，我實在忍不住笑起來，「哈哈，原來你要做 **天下霸主**。」

齊白正想反駁我的時候，陳長青搶着說：「你們別吵好不好？我們想想還有什麼辦法。」

我嘆了一聲，站了起來，「今天大家都累了，我們沒必要急於一晚之內想出辦法。先好好休息，明天再說吧。」

他們點點頭，這是我們三人難得一致的共識，於是我便告辭離去。

回到家裏，我聽到白素在浴室洗澡的聲音，正想走進書房的時候，**手機** 響起，我一接聽，意外地聽到了 **卓絲卡娃** 的聲音：「衛先生，我在莫斯科。」

我「嗯」了一聲說：「院士，你的行動雖然 **天衣無縫**，但那件寶貝不願意落在你們手中，所以最後它又回到我們這邊了！」

雖然我不同意齊白說那異寶是生物，但此刻我的話卻把它說成是生物一樣。

電話那邊傳來卓絲卡娃的嘆息聲，「那東西太奇異了，不是你們的能力可研究的！」

我**不卑不亢**地說：「對，我們還需要 **腦** 能量特別強烈的人來幫忙。」

「你們對腦能量一知半解，其實每個人都能發出同樣的腦能量，只是不知道如何控制而已，而懂得控制的人，就被視為有**特異能力**。」

「我們不用深究複雜的理論，我們只想找到這類**異能人**而已，你一定認識不少吧？」

「我推薦的異能人，你們會信任嗎？」卓絲卡娃忽然頓了一頓，再說：「除了一個——」

「**誰？**」我立刻追問。

沒想到她居然說：「**就是你！**」

我一時間呆住了不懂反應，她接着解釋道：「我感到，你就是一個有這樣能力的人。當然，你還未能用念力使**湯匙**變彎，那是十分罕有的例子，就算集中十萬人的腦能量，也未必做得到。不過，我憑經驗判斷，你一個人要抵上五百人的腦能量，大概也不成問題。」

我大力吸了一口氣，卻沒有説話。

卓絲卡娃忽然平和地説：「或許你不相信，我對那塊合金純粹是興趣，沒有什麼陰謀或野心，我只想揭開它的**謎底**來。」

我「嗯」了一聲，「我可以答應你，等我們研究有了結果，會把謎底告訴你。」

「那只好祝你們早日成功。」她嘆了一口氣，便掛掉了電話。

我坐在書桌前發呆，手指無聊地將 枱燈  不斷開了又關，心裏卻想着卓絲卡娃剛才的話，**我真的有那種能力嗎？** 同時我又想着那塊合金，今天在機場時，我確實感覺到它給我訊息，難道就是因為我的腦能量特別強，所以和它產生了感應？那麼，它現在又能感應到我在幹什麼嗎？

白素剛好洗完澡，經過書房時，忽然大叫：「**哇！**」

我轉過頭去看她，「什麼事？」

她指着枱燈罵道：「幹嘛又開又關，裝鬼嚇人嗎？」

我這才醒覺過來，停住了手，笑說：「哈哈，沒有，手有點無聊而已。」

　　我招手示意她進來，並把剛才與卓絲卡娃通話的內容告訴她，最後我說：「雖然她這樣說，但我們幾個人曾經多次一起集中思想，向那塊 合金 發出指令，我都沒察覺自己的腦能量特別強烈。」

　　白素沉思了一下，突發奇想：「是不是與其他人互相干擾而抵消了？一個有着特異腦能量的人，和許多普通人在一起，他的特異腦能量，可能反而會受到干擾而削弱。」

　　我有種 如 夢初醒 的感覺，如果真是這樣的話，那麼我一個人獨對那塊合金，效果可能勝過幾百人。

　　不管是真是假，這實驗一試無妨。我立刻打電話給齊白，劈頭第一句就說：「我有新想法！你把那東西帶來，讓

我一個人面對着它，試一試，看結果如何。」

齊白竟 冷笑 起來，「你的意思是，讓你一個人對着異寶，其他人要迴避嗎？」

一時之間，我還不知道他此話的意思，順口就答：「那當然。」

齊白隨即提高了聲音説：「衛斯理，有一件事情，你要弄清楚，雖然你把寶物找了回來，但並不代表你擁有它，它還是我的。」

一聽他這麼説，我真是又好氣又好笑，罵道：「**齊白，你在放什麼屁！**」

齊白的聲音更高：「我説，我絕不會讓異寶離開我，它是我——」

齊白講到這裏，我突然聽到陳長青在旁邊怒罵：「不必和這個盜墓賊再説什麼，他的神經有點不正常，剛才他還懷

疑我要獨吞那寶貝，由得他抱着那東西去死吧！」

我實在沒想到事情會發展到這個地步，我還想說些話安撫一下齊白，但他已經憤然掛線了。

「**看來我要過去一趟！**」我對白素説了一句，便奪門而出。

第十四章

海市蜃樓

我趕到陳長青家門口，才停下車，就看到陳長青**滿面怒容**，站在門口。陳長青脾氣一向很好，極少發怒，我在車上已跟他通過電話，大概知道他為何這麼憤怒，我問：「齊白真的走了？」

陳長青一開口就罵了齊白足足五分鐘，說齊白怕我們遲早會搶去他的異寶，所以帶着那東西跑了，「哼！他把我們當成什麼人了？總有一天，這王八蛋像烏龜一樣爬進**古墓** 去的時候，給古墓裏的老女鬼咬死。」

陳長青這句咒罵令我哭笑不得，我苦笑着問：「他沒有說要去哪裏？」

陳長青怒氣未消，「去死了！他把我們當賊辦，你認為他會向賊人透露行蹤嗎？」

「他為什麼會突然對我們起疑心？」

「他還未接聽你的電話時，看到那異寶一閃一閃地發光，已經惶恐不安，說有人在打他那寶貝的主意！」

我一聽陳長青這麼說，立刻「啊」的一聲，追問道：「那東西一閃一閃地發光？是什麼時候？」

陳長青想了一想，答道：「大概在你給他打電話之前半小時左右吧，持續了約莫十分鐘。」

我真的呆住了，那段時間，剛好是我聽完卓絲卡娃的電話，坐在書桌前想着那異寶是否會**感應**到我在幹什麼，而當時，我的手指正無聊地將枱燈不斷開了又關！

它真的感應到了❓是我的腦能量起了作用嗎❓

我發呆間，陳長青又説：「他誠惶誠恐了近半個鐘，好不容易才稍為冷靜下來，接着你的電話就來了，這**王八蛋**聽完你的電話，就像瘋了一樣逃走了。」

我把我在書房裏開關枱燈的事告訴了陳長青，他既驚訝又興奮地説：「居然有這麼奇妙的事？」

但陳長青真是被齊白氣壞了，立刻又收起**好奇**♥，賭氣地説：「哼！天下間**奇妙**的東西多的是，我已經決定不要再見這個人！」

「如今想要見他，恐怕也不是易事。」我苦笑了一下，並沒有逗留多久，又駕車回家。

白素聽我說了經過，也不禁駭然，「那東西真是奇特啊！可是，齊白也不是 ?疑心? 那麼重的人，你們畢竟是多年好友。」

我笑了一下，「再好的朋友，也容忍不了對方勾引自己的女朋友吧。」

白素皺着眉，**「什麼意思？」**

「你不覺得，他已經把那異寶當成 *女朋友* 一樣嗎？哈哈……」

白素聽了，也哈哈大笑起來，「你比喻得倒很貼切。」

接着的幾天，我每天都花一段時間去集中精神，希望得到一點「**感應**」，可是一無所獲。不過我依然單方面

發出腦能量，若能令那異寶忽然發光、磁力驟升驟降，甚至 **發聲** 或 **震動**，嚇嚇齊白也是好的，光幻想一下他的反應，也覺得好玩。

正如陳長青所講，世上有趣的事物不知多少，接下來的日子，我漸漸把齊白的事淡忘了。

也不知過了多久，卓絲卡娃又打電話給我，問我研究的成果，我把發生的事告訴她，她又問：「你能不能把發現那東西的地點告訴我 **？**」

她這麼一說，使我 **靈機一動**，齊白最有可能去的地方，自然就是 **秦始皇陵墓**。

我考慮了一下，雖然齊白對我們不仁，但我們不能對他不義，所以我回答：「對不起，我不能告訴你。」

卓絲卡娃失望道：「真可惜，不然，再到那地方去，一定可以找到另外一些相類似的東西。」

我苦笑了一下，她又問：「你怎麼就沒有去找一找的念頭？」

我嘆了一聲，「**找不到的。**」

她沉默了半晌，然後慨嘆道：「十分可惜，人類一直在追求用 **思想** 去控制 **物件** 和 **機器**，但這方面的科技發展十分緩慢。如果可以對那塊合金作詳細研究的話，肯定可以提前實現理想。」

我聽她這樣說，也 **不勝感慨**。看來，她倒真是熱中於科學研究，只是她在酒店策劃的行動，手段有點卑鄙。

「如果事情有進展，請和我聯絡。」

我十分誠懇地說：「一定。」

這次通話相當愉快，對一個畢生從事這方面研究工作的人，那東西才真是 **名副其實** 的異寶，比起齊白只想在那東西上弄點什麼好處來，卓絲卡娃的人格可說高尚得多。

　　我把與卓絲卡娃通話的內容告訴了白素，她說：「對啊，齊白一定又到秦始皇陵墓去了，你要找他，可以到那裏去找。」

　　我悶哼了一聲，「才不去。人家和寶貝去旅遊，我何必去當**第三者**？」

　　這句話逗得白素捧腹大笑之際，門鈴忽然響起，我和白素**面面**相覷，心裏都有一個預感，會不會是齊白回來了？

我們立刻去開門，卻萬萬料不到，來找我們的人竟然是他！

他是一個精神奕奕的青年人，名叫**鮑士方**，是卓長根的得力助手，而卓長根就是我岳父大人白老大的老朋友。

鮑士方笑着說：「衛先生，我沒有預先通知就來拜訪，希望沒有太唐突。」

我上前和他**握手**，微笑道：「沒有，請進來吧。」

我帶他到客廳坐下，白素為我們倒茶。鮑士方突然來找我，我擔心是卓老先生出了什麼事，便立即問：「閣下突然來找我，不會是卓老先生出了什麼事吧？」

鮑士方笑着搖頭，「沒事，他很好，比我還精神壯健。」

「**那麼……**」我實在想不出他為了什麼事來找我。

「我是來向你提供一個幻想故事的材料。」他**興致勃**

勃地說：「這個故事，可以叫『✦**奇異的海市蜃樓**✦』。最近，我一連兩次，看到了海市蜃樓景象！」

我笑道：「既然你也知道那是海市蜃樓現象，還有什麼奇異之處？」

鮑士方用力拍一下大腿，「奇異就在於，我是在卓老爺當日失蹤那處附近，看到了海市蜃樓。」

我怔了一怔，「不可能吧。從來也未曾聽說過，關中地區，又有 **高 山** 又不是 **沙漠** ，會有海市蜃樓出現，你多半是眼花了。」

「人會眼花，**攝影機** 可不會眼花。」他掏出 **手機** ，讓我看看他拍下的影片。

我和白素都圍着手機看，只見影片的背景白茫茫一片，而在那白茫茫之中，又有着相當瑰麗的色彩，組成**無以名之**的圖案，與其說是「海市蜃樓」，倒還不如說是南北極

上空的極光。然而，在中國大陸的關中地區，若是有極光出現，那就更加不可思議了。

　　我問鮑士方：「這一片白茫茫的──」

　　他解釋道：「是濃霧，在很濃很濃的霧中，見到這些情景。」

　　我吸了一口氣，立時想起那次五百人大集會中，突然發生了意外，當濃煙罩下來的時候，我們都看到那合金射出來的光柱，在 **煙 霧** 上投映出難以形容的影像。這與鮑士方所遇到的情形，基本上是一樣！

　　那就是說，鮑士方所看到的，不是極光，也不是什麼海市蜃樓，而是濃霧起了 銀幕 的作用，有什麼東西發出了光芒，投映到濃霧上。

　　鮑士方興奮地問：「是不是很值得研究？如果我不是知道自己身在何處的話，一定會把它當作 極光 。」

　　我向白素望去，她沒有表示什麼意見，卻微笑着胸有成竹的樣子，顯然她也想到了，因為鮑士方看到這異象的地方，正好處於秦始皇陵墓之上，因此我和白素心中推測，是齊白帶異寶到那裏去了。

第十五章

神仙境界
天開眼

我低聲問白素：「**怎麼辦？**」

白素似乎也決定不了怎麼辦，只是緩緩地搖了搖頭。

鮑士方顯然不知道我們在說什麼，所以瞪大了眼睛望着我們。我和白素猶豫着要不要把事情始末告訴他，我想了一想，只問：「見到這奇異現象的人有多少？」

「我沒有去查訪，但據我所知，**只有我一個。**」

我質疑道：「**怎麼會呢？**這樣奇特的景象在空中出

現，一定有很多人留意到。」

　　他解釋說：「我兩次看到這種奇異景象時，都在凌晨四時左右，霧又十分濃，我恰好在那個方位才看得到。離得稍微遠一點，可能就看不到了。況且，那時人人都在**睡覺**ᶻᶻ，不像我那樣經常要往國外跑，導致時差錯亂。

　　「我也和一些人說起過，尤其是當地人，可是都被他們**取笑**，他們都聲稱從未見過什麼海市蜃樓。只有一個**老人家**，他的話，聽來倒有點意思。」

　　我和白素異口同聲問：「那老人家怎麼說？」

　　鮑士方學着那老人的口吻說：「照你這樣說，這倒有點像『**天開眼**』，不過一輩子撞上一次已經不得了，你倒撞上了兩次，下次再

撞上，許個願，神仙會叫你 如願 的。」

我和白素呆了一呆。「天開眼」的**傳說**，大概是這樣

的：天上的 神仙 ，每隔

一個時期，就會把 天門 敞

開，讓凡間的人有機會看到，

這就叫「天開眼」。而據說，

碰上天開眼的人，立時向神仙

提出願望的話，神仙就會使願望實現。

後來，「天開眼」一詞也被廣泛地應用在北方的 口語

之中，只要天開眼，就可以如願以償、**沉冤得雪**，甚至

有仇報仇，有恩報恩等等。

鮑士方遇到的那個老人，用「天開眼」來形容他遇到的

情形，聽起來很怪異迷信，但仔細一想，也不無道理。這令

我想起「**神仙只渡有緣人**」的説法，用現代的語言來

説，就是當「神仙」要凡人看到他時，會運用某種能量發出 **信號**，但由於各人的腦部活動不一樣，並不是每一個人都可以接收得到，只有少數人的腦部活動剛好配合，才可以看到「神仙」，那就是有緣人了。

如果循着這條路想下去，那麼，「神仙」是什麼呢？何以他不直截了當給人看到，而只讓「**有緣人**」可以見到他？是不是「神仙」和凡人在溝通方面，還存在着某些連神仙也未能突破的 **障 礙**？

當我的思緒愈想愈遠之際，鮑士方忽然説：「但我不相信神仙之説，如果是 **外星人** 的話，我倒還可以接受。每隔一段時期，外星人就打開了一個窗口，希望和我們溝通，這也不是沒有可能的。」

白素附和：「對。神仙或外星人，只是名稱上的不同。」

我也笑道：「看來鮑先生也很有寫 **幻想小說** 的天分。」

鮑士方顯得有點難為情，「別開玩笑了，我只是覺得，你會對這異象很感興趣，所以便來告訴你。」

「**當然感興趣。**」我說。

「如果你想去那裏實地看看的話，我可以幫你安排。」

聽得他這樣說，我不禁**怦然** ，向白素望去，白素點了點頭，我立即對鮑士方說：「求之不得。」

於是，第二天中午，我便跟隨鮑士方出發，到達當地機場後，我們又轉搭 **直升機** 前往他們的 **工地**。在直升機上，我發現當地霧十分大，我心中一動，提出要求：「這架直升機，在送你到達工地後，可否借我一用？」

鮑士方用疑惑的神情望着我，「你打算自己一個人去？」

我笑道：「未弄清外星人的真正目的前，你不宜 **冒險**。」

鮑士方想了一想，答應了。

到達工地已是 **凌晨三點** ，我約略問了一下鮑士方發現奇異景象的方向和距離，然後就親自駕駛直升

機，朝那方向飛去。

我想利用直升機居高臨下的優勢，把齊白找出來，如果異象真是由齊白那異寶造成的話。

霧看來極濃，我盡量把直升機低飛，這一帶全是平地和草原，低飛並不影響安全。我估算直升機已進入了 **秦始皇陵墓** 範圍的上空，就開始在這範圍內兜圈飛行，細心觀察了約莫一小時，我忽然看到黑暗裏有光芒閃耀着。

我不能斷定那一點光芒是什麼，可能是**牧羊人**帳幕中的一盞 *油燈* ，也可能是一個趕夜路的人手中的 **電筒** 。當然我心中希望那是齊白的那塊合金。

我假定齊白就在那點 **光亮處** ，為了不驚動他，我離遠就把直升機降落，然後步行前往那位置。

在這裏，我犯了一個估計上的錯誤，從直升機看去，那距離似乎很近，但步行起來的話卻相當遙遠。

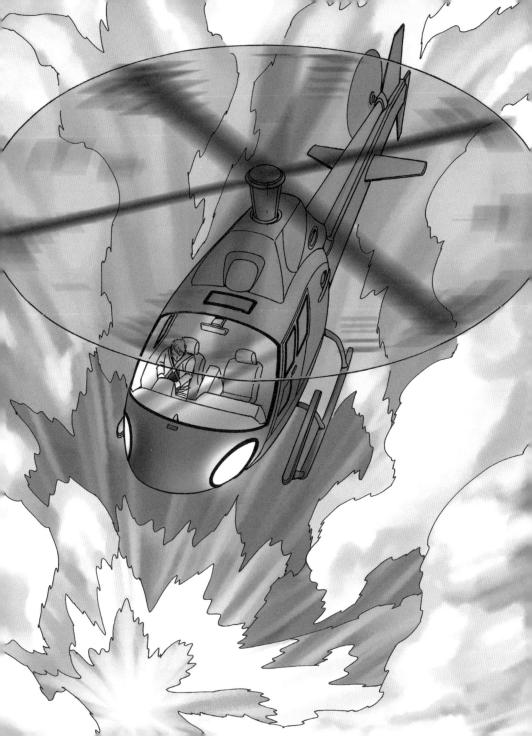

我一直往前走，走了超過一小時，**太陽** 也開始升起了，一大團一大團的濃霧，宛如萬千重 輕紗，被一雙無形的 **大手** ，迅速一層層揭開，蔚為奇觀。

太陽的萬道 **金光** 照耀大地，霧已經全散去了，我看到前面一個小土丘上，有一群 **羊** ，正在低頭啃着草。

一個 **牧羊人** 看到了我，用疑惑的神情望定了我，我便向他走過去，看到他至少已有六十上下年紀，滿面全是 **皺紋**，一副 **飽經風霜** 的樣子。

我和牧羊人打了一個招呼，他點了點頭，嗓子沙啞：「工地上的？」

我點了點頭，向他身邊的帳幕打量了一下，看到有一盞 **馬燈** 掛在外面，不禁苦笑了一下，若是我看到的光芒，就是這一盞馬燈發出來的話，那麼我這一小時多的路，真是走得冤枉了。

我遲疑了一下，問：「老大爺，你常在這裏放羊？」

那牧羊人一口土腔説：「也不一定，哪裏合適，就往哪兒擱。」

「你有沒有見過一個人……」我把齊白的樣子形容了一下，「他可能在這一帶出現。」

牧羊人一面聽，一面搖頭，我又問：「那麼你有沒有見過，在濃霧裏，有很美麗耀目的光彩顯現着？」

牧羊人仍然搖頭。我嘆了一口氣，轉過身，準備取回直升機，返回工地休息一下再説。可就在我一轉身之際，給我看出了一個**破綻**，我立即忍不住**哈哈大笑**起來，轉身指着那牧羊人説：「齊白，你的演技能瞞過任何人，可就是騙不過我！」

第十六章

腦能量大放異彩

「**你在說什麼？**」牧羊人故作疑問。

我嘆了一聲，「別再裝下去了，我已經拆穿你的把戲，不過你放心，我絕不會打你那 ⁺異寶⁺ 的主意，只是想來幫你而已。」

牧羊人呆了半晌，才嘆一口氣，回復齊白的聲音：「我真服了你，你是怎麼看出來的？其他人都沒懷疑過我。」

我笑道：「有一個大破綻，但先不告訴你，齊白，你真是太不夠意思了。」

雖然十公里內可能一個人也沒有，但齊白仍**鬼鬼祟祟**，指住插着一根樹枝的地方，壓低了聲音說：「**看**。」

我看到那樹枝插在一個小洞上，那洞不會比高爾夫球場上的洞大。他說：「就是從那裏打下去，到那個墓室的。」

「有沒有再發現什麼**？**」我連忙問。

齊白懊喪地說：「我第一次下手時太大意了，把一些可

以取到的東西弄跌，掉到**石桌**底去，沒法子再弄出來。但我可以肯定，下面還有寶物，與我的異寶有感應。」

我笑了起來，「是啊，傳說中很多寶物是分 **雌雄陰陽** 的，你到手的異寶，可能早已 **名花有主**，你才是第三者。」

齊白瞪了我一眼，然後嘆了一聲，「進帳幕坐坐再說，你來了也好，一個人真寂寞，不知道有多少話，只好自己對自己說。」

我彎腰走進他的帳幕，他的 **喬裝** 很徹底，帳幕內髒亂到極，而且充滿了羊羶味。我們坐在地上，齊白吸了一口氣，便開始說：「本來，我想從墓室裏再弄點什麼出來，可是能弄出來的東西早就掉到桌底去了，於是我一個人集中 **意志力**，嘗試用我的腦能量去影響它們，看能不能使它們移動，或者接收到它們的訊息。但一直沒有成果，直到有

一次，我偶然地把異寶放在那個洞口旁邊，結果就——」

「就怎麼了？」我忙問。

齊白探頭出帳幕，**鬼頭鬼腦**地張望了一會，才說：「很難形容，白天怕被人發現，要不你晚上再來，我試給你看。」

我立刻用猜疑的目光瞅着他。

他顯出一副冤枉的模樣説：「你以為我想偷走？」

「把它交給我暫時保管，我就信你了。」我也不知為什麼，説這句話的時候，有一種突如其來的感覺，使我伸出手，指着角落裏一隻看來十分破舊的茶壺。

齊白直**跳**了起來，望着我，神情如見**鬼魅**，「你⋯⋯你怎麼知道我⋯⋯把它放在那茶壺之中？」

我一時間也發呆了，我是怎麼知道的？**剛才只是一種突如其來的感覺。**

「它告訴你的**？**」齊白的臉色難看到了極點，額上青筋暴綻，厲聲道：「衛斯理，有一件事我們要弄清楚——」

不等齊白說完，我立即十分認真地接上去：「再清楚也沒有，異寶是你的。」

他聽到我這樣說，情緒才慢慢緩和下來，隔了許久，才開口道：「真奇怪，你對它的**感應**，好像還在我之上。」

我解釋說：「或許是我**腦部 活動**所產生的能量，比一般人強烈。每個人的體質不同，腦能量自然也有分別。卓絲卡娃認為我的腦能量高出常人許多倍。」

但齊白懷疑道：「怎麼會呢？我們不是在一起試驗過嗎？」

「白素猜想那可能因為我們一起**思索**時，我發出的腦能量，反而受到你們的干擾而削弱。為了驗證這個*猜想*，我才叫你借異寶給我，沒想到竟把你嚇跑了。」

「然後你就追蹤到這裏來？」齊白問。

我冷冷地說：「誰有閒情追蹤你，若不是你又弄出 **奇** **景** 來，我都幾乎把這事忘記了。」

齊白十分愕然，「什麼奇景？」

看他愕然的神情，我便把鮑士方看到的情景對他說了一遍，然後問：「難道你自己沒看到嗎？」

齊白呆呆地搖着頭。

　　我想了一想，説：「或許你當時太**全神貫注**，沒有抬頭看，所以看不到你頭上出現的奇景。」

　　「也可能是它不想讓我看到。」齊白沮喪不已。

　　我連忙安慰他：「怎麼會呢**？**連**手機**都拍到了，你別胡思亂想。」

　　他又呆呆地想了一會，問：「放出一大片的*異彩*，**那表示什麼？**」

　　「很難説，它可能試圖組成一個什麼形象給我們看，但由於它接收的腦能量不足夠，所以無法組成畫面，就像**電視機**在接收不良時，無法顯示正常畫面一樣。」

　　齊白突然緊張了起來，抓住了我的手臂：「如果能量足夠，就可以解開異寶的秘密了！」

　　我點頭認同。只見他抿了一下嘴，走過去揭開那柄**破茶壺**的蓋，倒出那件異寶，猶豫了相當久，才萬般不捨

地交到我手上，「天一黑，你就要趕來。」

看到他這樣子，我笑了笑，又把異寶還給他：「不必**抵押**了，我相信你。晚上我來作試驗，一定會有新的突破！」

他送我離開帳幕時，不忘追問：「我明明假裝得天衣無縫，你是怎麼看穿我是假冒的**？**難道也是它告訴你的**？**」

「**不**。」我指着地上燒剩了的一堆篝火説：「當地牧羊人，土語叫攔羊人，燒篝火有一種特殊的堆枯枝手法，和你堆疊的方式完全不一樣，所以一看便知。」

齊白重重地拍了一下自己的額頭，「真是百密一疏**！**」

我和他告別，向直升機走去，然後便駕駛直升機回到工地。鮑士方已替我準備了相當*舒適*的休息房間，他忙得不可開交，幾乎大大小小的事都要來找他，我告訴他暫時未有發現，然後他便繼續忙他的，我去洗澡睡覺。

等到晚上，我向鮑士方借了一輛**吉普車**，帶上**食物**和**水**便出發。

我來到那個**小土丘上**，齊白十分高興地迎了上來，帶我來到他打出來的那個小孔旁邊，緊張地問：「怕不怕我

干擾你的腦能量？我要遠遠避開去嗎？」

　　我想了一想，說：「或許不必，你只要不集中精神去想就可以了。」

　　他「嗯」了一聲，把那異寶取出來，鄭而重之地放在那個小洞旁，把插在小洞口的樹枝取走。這時的情形，真有點像一個高爾夫球在洞邊，只要輕輕一撥，就會跌進洞去。

　　齊白解說：「那次我就是把它放在洞口邊，然後**集中精神**的。」

　　我吸了一口氣，這時，天色雖然已經相當黑了，但是還沒有**起霧**。齊白後退了幾步，坐了下來，我盯着那異寶，集中精神，這次所想的，不是想它發光或增減磁力，而是想它和下面墓室中的東西有聯繫。

　　開始的時候，什麼反應也沒有，天上星光稀疏，天色相當黑。約莫在十多分鐘之後，齊白忽然「**啊**」的一聲叫起來：**「你比我快多了，看那小洞！」**

第十七章

洞裏乾坤

這時我也看到了，有一股**暗紅色**的光芒從那個小洞透出來，一閃一閃的，就像下面有一個火把在搖晃着。

奇怪的是，洞中有 光芒 射上來，但在洞口的那塊 合金 ，卻並沒有發出什麼光芒。

我集中精神，不斷在想：「寶物啊寶物，要是你和下面的東西，有什麼聯繫，就請盡量發揮你的力量！」

又過了十分鐘，小洞中射出來的光芒漸漸加強，在黑暗中看起來，簡直像地上放着一柄發出暗紅色光的 **手電筒**。

雖然有光芒透出來，可是那個小洞的深度超過三十公尺，無法看到下面有什麼。

齊白一直在喃喃自語：「天！下面不知還有多少異寶，不知還有多少異寶 **！** 」

這令得我不禁焦躁起來，轉過身向他喝道：「你靜一靜好不好？」

他煩擾的聲音使我分了神，自小孔中射出來的光柱突然暗了下來，一下子就消失了。

齊白定過神來説：「你的 **力量** 真比我強得多，我只不過可以令那小洞中，發出一點點光芒，像 **螢火** 一樣閃耀，而你竟可以令它發出光柱！」

這時候，我身上有東西突然 **震動** 起來，嚇了我一大跳，以為異寶又引發起什麼異象來，定了定神後，才發覺只是我身上的電話有來電。

那是鮑士方借給我暫用的 衛星電話，我以為是他打電話來找我，怎料一接通，卻聽到了陳長青的聲音在大叫大嚷：「衛斯理，你算是夠意思的了，一聲不響就走，學那鑽古墳的傢伙。」

我真是又驚又喜：**「你怎麼會——」**

陳長青解釋道：「我在鮑先生的辦公室，告訴你，我帶了許多有用的東西來。」

「什麼有用的東西？」我一時間聽不懂他的話。

「你忘記了嗎？我訂做了特製的工具，可以深入 **地底**，窺探清楚 **墓室** 中的情形。」

我記起了，高興得說不出話來，陳長青又神氣地說：「就算找不到那該死的 **盜墓人**，只要找到他上次打出來的那個小洞，我們就能看清那個墓室中的情形。」

我刻意苦笑道：「你以為在超過五十平方公里的範圍

內，找一個 乒乓球 大小 的洞孔，是一件容易的事情？」

陳長青一聽，就像 氣球 一下子泄了氣一樣，聲音也變得無精打采：「慢慢找，總有希望的。」

聽他的語氣就知道，連他自己也不相信有找到的可能，我忍不住哈哈大笑說：「不必找了，我已經見到齊白，如今正在那小洞旁邊。」

「真的❓你別騙我。」

我又好氣又好笑，「騙你幹什麼？你是自己駕車來，還是我來接你？大約一小時路程。」

陳長青連忙説：「我自己駕車來！」

「好，你根據我的 衛星定位 開車過來，反正就是向西走一小時左右，差不多的時候我會開亮車頭燈讓你看到。」

　　陳長青連聲答應：「嗯，我出發之後，一直和你聯絡好了。」

　　我提醒他：「你盡快來，要趕在下霧之前。」

　　我準備掛線的時候，陳長青卻說：「讓我跟那傢伙說兩句。」

　　「**你說吧。**」我開啟了電話的 **揚聲器** 功能。

　　陳長青便大聲道：「該死的盜墓人，你好。」

齊白從我剛才的對話中，大概也知道是陳長青來了此地，他馬上大聲答：「**死不了。**」

陳長青又叫嚷着：「還逃不逃**?**」

齊白冷冷地說：「先不逃，等你拿傢伙來了，才一腳把你**踢**走。」

看他們兩人拌嘴，真是令我哭笑不得。

掛線後，齊白知道即將可以用特製的工具去看清楚墓室中的情形，也掩不住心中的**興奮**，一不小心，碰到了那異寶，幾乎滾進洞去，嚇得他驚慌**大叫**：「**哇!**」

幸好我及時伸手按住了它，我和齊白都喘着大氣，嚇得

臉也白了，喃喃地說着：「**真險……**」

我們良久才定過神來，我說：「趁陳長青還沒來，讓我

再試試，看我一個人的力量，能使它發光到什麼程度。」

齊白點點頭，我把衛星電話交給他，叫他在車子那邊等着，隨時開 *車頭燈* 給陳長青作信號。

他不情不願地走了開去，然後我專心一致，盯着那塊 **合金**，不一會，它就發出了暗紅色，不到半小時，它發出的光芒，已經和那次五百人大聚會不相上下了。它那幾十個小平面都有色彩不同的 **光柱** 射出來，而且愈來愈強烈。齊白在車邊，離我有十來步，但在黑暗之中，當然也看到那一團絢麗的光彩，我甚至可以聽到齊白發出的 **讚嘆聲**。

光柱射出了三十公分之後，就開始擴散，一直沒入了黑暗，變得十分淡，如果不用心就看不出來。

我繼續集中精神，但發光現象再沒有什麼進展了。

這時，大約已過了一小時，我吁了一口氣，站起來。陳長青和齊白聯絡過，齊白也亮着了車頭燈，指引陳長青向我們這裏駛來。我來到齊白的身邊，把異寶交回他的手中，他

有點傷感地説：「我真有點懷疑，這是我的寶物，還是你的。」

我拍了拍他的肩頭，「是你發現的，當然是你的。」

不一會，我們聽到汽車駛來的聲音，陳長青已駕着**吉普車** 來到了。

陳長青一躍下車，先向齊白狠狠瞪了一眼，然後又揮了揮手，表示一切都算了，齊白卻還在不服氣地**翻着眼**。

陳長青從車上取下一個**大箱子** ，問：「那洞孔在哪裏**?**」

我和齊白帶他走過去，他打開箱子，我們三個人便一起動手，把**工具** 安裝起來，不愧是高價訂製的先進工具，安裝也十分簡單，主要是一根長達五十公尺的**幼桿**，末端安裝了 **高解像**鏡頭，桿身分成了許多關節，可以用遙控器控制它折疊、扭曲，甚至移動；而最重要的是，

整條幼桿都裝滿了細小的發光二極體，作照明之用。

　　三個人只花了十分鐘左右，就把一切設備弄妥了，鏡頭拍攝到的影像，將會傳送到 **手提電腦** ，而陳長青還準備了一台特大的鋰電池給所有設備供電。

　　我們都十分心急，立刻將幼桿探進那小孔下去，陳長青用 **遙控器** 操控着幼桿，我和齊白則金睛火眼地看着手提電腦上的影像。

　　探到了三十公尺左右的時候，陳長青把幼桿上的燈調到最亮，刹那間，整個墓室的影像就呈現在我們眼前！

第十八章

出乎意料的墓室

我們三人望着手提電腦的屏幕，大大吞了一口口水，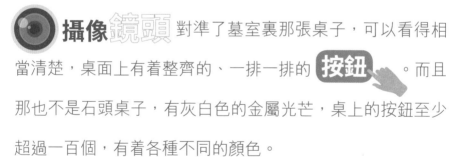攝像鏡頭對準了墓室裏那張桌子，可以看得相當清楚，桌面上有着整齊的、一排一排的 按鈕 。而且那也不是石頭桌子，有灰白色的金屬光芒，桌上的按鈕至少超過一百個，有着各種不同的顏色。

令人驚訝的是，那些都是輕觸式的按鈕，並不突出於桌面，只是一個個顏色不同的小方格。一張桌子有過百個輕觸

式按鈕，這毫無疑問是一個控制台，況且是在秦始皇陵墓之中！

我驚呼道：「**這是控制台！**」

這實在無法不令人震驚，我們不由自主張大了口，合不攏來。

陳長青調節着攝像鏡頭的角度和焦距，看到桌面上其中四個顏色不同的輕觸式按鈕，每一個按鈕有着不同的**符號**，那是一種十分簡單的圖形，可是我卻不知道那些符號代表着什麼。

幼桿繼續帶動攝像鏡頭移動，我們又看到了桌子的中心部分，有七個奇特的凹槽，看起來不規則，凹槽裏有着許多細小的平面，有的是**三角形** ▲，有的是**方形** ■，也有**五角形** ⬟ 和**六角形** ⬢。

這時候，齊白忽然將他那塊合金放到洞口邊，對我催促

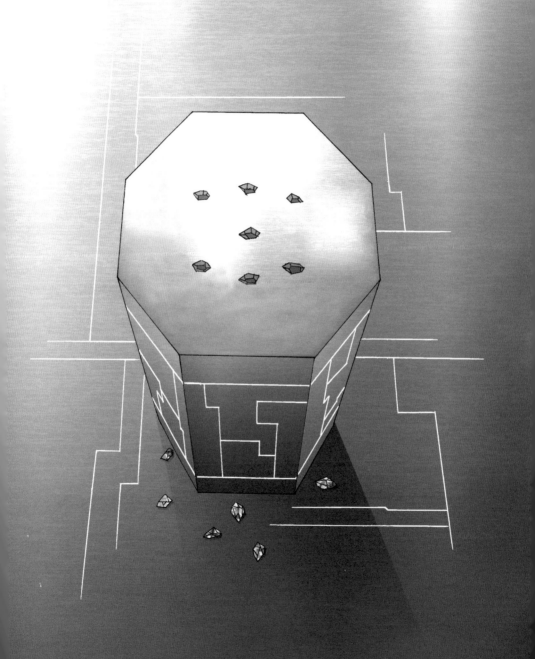

道：「衛斯理，你趕快集中精神去想，看看是墓室裏哪個東西跟異寶有感應，發出光亮來！」

我點頭「\\嗯//」了一聲，便開始集中精神，認真地去想，雖然我盯着 **手提電腦** 的屏幕看，但依然能做到全神貫注的地步，因為屏幕上的畫面正是我集中精神的目標。

陳長青把幼桿上的燈調暗，沒多久，我們便看到有一些 ⁺光芒⁺ 自桌底透出來，看起來是暗紅色的，和那 ⁺異寶⁺ 發出來的光芒差不多。我繼續認真地去想，光愈來愈亮，陳長青嘗試將幼桿伸到墓室的地面去，然後調節攝像鏡頭的角度，拍攝桌底的情形，發現那裏有六個 ⁺發光體⁺！

齊白叫了起來：「它們本來都在桌子上的，我用探驪得珠法的時候，只弄上來了一個，其餘的，都被我不小心撥到地下，滾到了桌底去。」

那六個發光體，再加上齊白的異寶，一共是七塊 合金 ，

我立刻想起桌面上剛好也有七個凹槽，連忙說：「陳長

青，再看看剛才的凹槽！」

由於我已分心，桌底下那些寶貝發出的光芒迅速消退。陳長青便再次將幼桿上的燈光調到最亮，操控着攝像鏡頭，近拍一下那些凹槽。

這些日子來，我們對齊白那異寶已經絕不陌生，仔細一看那七個凹槽，發現其中一個的形狀跟異寶十分吻合，一看就知，異寶可以天衣無縫地嵌進去。而其餘六個凹槽，自然是與桌底下那六塊合金相配的。

跟異寶吻合的那個凹槽之下，有着一個 長方形 的符號，但不明白那是代表什麼意思。

齊白着急地説：「快看看墓室裏的四周！」

攝像鏡頭繼續移動，移向那些「架子」去，在相當明亮的光線下，可以看得清清楚楚，那原來不是什麼架子，而是十分精密的科學裝置，有 儀 表 ，有大大小小不同的 屏幕 ，錯綜複雜地聯結着的 金屬線 ，還有許多我根本

認不出來的裝置。

齊白興奮不已，「你們看到沒有？我早就説過，整個地下宮殿，是**外星人**在地球上的基地！」

我和陳長青發出如同呻吟一般的聲音，我不禁驚呼道：「天，我們在窺看人類有史以來最大的秘密。整個墓室是一個偉大得難以想像的操作裝置！」

攝像鏡頭繼續在「墓室」裏四面探索，發現其中三面全是類似的**裝置**，但餘下的一面，只是一片灰白色的牆。

我突然有了一個想法，深深吸了一口氣説：「還記得我們曾設想過，那異寶可能是一個**啟動裝置**？」

陳長青和齊白望着我，我繼續説：「本來一共有**七個**，其中六個不小心弄到桌底去了，但我們至少還有一個在手。」

陳長青也想到我想的了，

「\\啊//」的一聲說：「你想

將它裝進凹槽去，看看能不

能啟動下面的裝置？」

我點頭道：「你們也看

到了，其中一個凹槽剛好跟它

吻合。」

但齊白厲聲說：「**不行！**」

陳長青立刻 *皺眉*：

「為什麼不行？你沒有本

事把它放進去？你那個

什麼探驪得珠法呢？」

「我當然有辦法把它放進去！」齊白說。

「那你怕什麼？怕取不回來？」

陳長青説中了齊白的**心事**，齊白隨即沉默不語。

陳長青勸説：「這東西，你稱之為異寶，但若只是能發光的話，有什麼用？一個電燈泡發出的光也比它強得多了。你不想知道它藏着**外星人**的什麼**秘密**嗎？」

齊白嘆了一口氣：「我上次弄它出來的時候，**成功率**只是七分之一，我可不想冒這個險。」

陳長青不屑地撇了撇嘴，齊白又説：「看，已經起霧了，或許不必放下去，它發出的**光芒**，在濃霧之中能投映出影像，鮑士方不是也看到過嗎？」

我點頭説：「好，我試試看，如果再沒有結果，陳長青説得對，這東西的價值，還比不上**電燈泡**。」

齊白深深吸一口氣，一咬牙：「嗯，再沒有結果，就依你們。」

　　霧凝聚得很快，鋪天蓋地，無聲無息地鋪展，周圍已經是白茫茫一片。

　　陳長青和齊白都退開了一些，讓我集中精神去想，地上那異寶很快就發出光芒來了，光線自每一個小平面射出，交織成一片，投射在濃**霧**之中，形成了極其壯觀瑰麗的色彩，那就是鮑士方曾看到過的情景，齊白和陳長青不斷發出讚歎聲。

　　但那只是一大團一大團流動的色彩，雖然壯觀，卻一點意義也沒有，至少我們看不出當中有什麼含意。

　　半小時之後，齊白終於開口道：「好吧，我將它放下去。」

　　我和陳長青都笑了，齊白轉身走了開去，不一會，就拿着一個直徑約十公分的**金屬圓筒**回來。

他打開圓筒，抽出一根細長的桿子，那**桿子**一節套一節，看起來像是可以伸縮的 **釣魚桿**，每節約有一公尺長。在桿子的一端，有一個 爪狀物，他取過那合金，放在那「爪」上，用手捏了一下，令「爪」抓緊它。這自然就是「探驪得珠法」的工具，竟然跟陳長青所訂製的拍攝工具十分相像。

陳長青笑道：「哈哈，原來只要多訂製一個爪子，我也可以運用探驪得珠法，躍升為世界四大盜墓專家之一了。」

齊白瞪了他一眼，陳長青笑了笑，把幼桿盡量靠向小洞的一邊，讓出空間給齊白把異寶縋下洞去。

我看着**手提電腦** 的影像，沒多久，那異寶離桌面已經不是很遠，齊白的神情更緊張。這時霧也更濃了，在我們的身邊滾來滾去，身上都被濃霧沾染得濕潤。

當異寶快碰到桌面之際，齊白突然「啊」的一聲驚呼，我在屏幕上看到，那凹槽好像有吸力一樣，異寶一接近，就忽然脫離了爪子，直嵌進凹槽去！

第十九章

異寶天衣無縫地嵌進了那個凹槽之中，只有一小部分露在凹槽外。

這時候，我深深地吸了一口氣，集中思緒，向異寶傳遞我的思想：「**寶貝**，你到底能啟動什麼 **裝置**？請立即啟動吧！」

同時，陳長青控制着 攝像鏡頭 的方向，察看四周有什麼變化。

不一會，那異寶露在凹槽外的部分，忽然射出了光芒，

投射到什麼也沒有的那一面 **灰**白色牆上去，陳長青連忙把鏡頭轉過去，對準了那幅牆。剎那間，我們三個人都呆住了。

那幾股光芒在那灰白色的牆上，竟構成了一個 **人像**！

陳長青叫了起來：「天，那上面出現了一個人！」

我恍然大悟，那 **長方形** 的圖案，就是屏幕的意思。

我一時之間心慌意亂，只好竭力克制自己，一面深呼吸，一面繼續集中精神，向異寶傳送 **腦能量**。只見它發出的光芒逐漸加強，陳長青把幼桿上的 **發光裝置** 關掉，牆上的影像更清楚了，那人形漸漸鮮明，而且 **金光閃閃**。

大約五分鐘後，人形已清晰可見，那是一個看起來面目相當威嚴，穿着一身奇異 **金色服裝** 的男人，全身除了頭部以外，都被那種金色的衣服包裹着，連雙手也不例外。

齊白的聲音像呻吟一樣：「天，這……這是十二金人，十二金人之一！」

陳長青也急速地喘着氣：「十二金人……不是十分巨人嗎？這人……」

我竭力使自己的思緒不鬆懈，那個金光閃閃的人，才一出現時，只是一個人像，可是當我精神進一步集中，他竟然活動了起來，就像本來是 **幻燈片**，忽然變成了 **電影**。

不，也不能說是電影，如果是電影，那人的活動是平面的，活動範圍限制在牆上，可是那人一開始活動，**卻從牆上** 走了下來！

我們三人都不禁驚叫了一聲，那人從牆上走下來後，還迅速地變大。也就在這時，「墓室 」裏忽然光亮得刺眼，一股強烈的金光從那小洞衝霄而起。

我們三人一起後退，不知道發生了什麼事情。不到十分之一秒的時間，金光已擴散在濃霧之中，我們看到了一個巨大無比的 **巨人**，和剛才在牆上看到的那個人一模一樣，但是放大了不知多少倍，巨大無比，至少有十公尺高，看起來就像站在我們面前，可是又有一種虛無縹緲的感覺，並不實在。

我驚呆了許久才忽然覺察到，那應該是一個 **立體投影**。

一想到這一點，我鎮定了許多，但齊白和陳長青兩人卻一邊一個緊緊地擠在我的身邊。他倆都不是膽小的人，只是眼前的景象實在太令人震驚了。

我沉聲道：「別緊張，這是立體投影。」

「這巨人……**只是一個影子？**」他倆顫聲道。

這時候，那巨人忽然低頭看着我們，開始用一種十分**古怪**的腔調說：「怎麼樣，皇帝陛下，還嫌不夠好？我保證你們在一萬年之內，也不可能有比這個更偉大的建設。要來放置你死去了的身體，太足夠了。」

我們清楚地看到，他巨大的臉龐上，現出了十分奇怪的神情，他的*眉骨*本來就十分高聳，這時看起來更高，以至他的雙眼十分深陷。

巨人四面張望了一下，突然發出了一陣古怪的聲響，我直覺認為那是笑聲。他說：「我真是糊塗了，當然已經過了許多年，**你們是誰？**」

他低頭直視着我們，我們戰戰兢兢，異口同聲地反問：「**你……是誰？**」

那巨人又發出古怪的笑聲，「我是你們皇帝的朋友。」

我定下神來，吸了一口氣説：「你所説的那個皇帝，已經死去兩千多年了。」

那**巨人**立時又發出那種古怪的笑聲，「**他死了？**並沒有長生不老？他的子子孫孫呢？是不是一世二世三世四世，乃至百世千世，還在做皇帝？」

我昂着頭回答：「沒有，兩世就完了。」

巨人繼續「笑」着，「看來他的願望，沒有一樣可以實現，喔，不，至少有一樁是實現了，他死後的身體，藏在我們幫他建造的地方。」

這樣説，秦始皇的**地下陵墓**，竟是巨人和同伴所建成的？

那巨人皺着眉，像是在想什麼，很快就笑道：「我明白了，一直沒有注意，在你們這裏，兩千多年可以發生不知多少事了。」

齊白和陳長青完全不知如何説話，只是不住點着頭。

　　幾乎毫無疑問，這巨人是一個曾到過地球的外星人，如果「十二金人」的記載屬實，他和他的同伴一共是**十二個人**，不但曾和地球人打過交道，還成了秦始皇的朋友，而且，更替秦始皇修建了宏偉到不可思議的地下陵墓。

　　不過我堅信，如今在我們眼前的，並不是真實的他，而只是一種立體投影的現象。為了證實這一點，我冒昧地說：「我相信你原來的形體真是如此巨大，但如今出現在我們眼前的，只是一個投影。是不是可以縮小到和我們一樣大小，方便談話？」

　　那巨人又笑了兩下，「有趣，你們的見識進步了不少。當然可以。」

　　話音剛落，眼前金光閃閃的巨人突然縮小，一下子就變得比我們正常人還矮了一半，然後，又擴大到和我們差不多的程度。

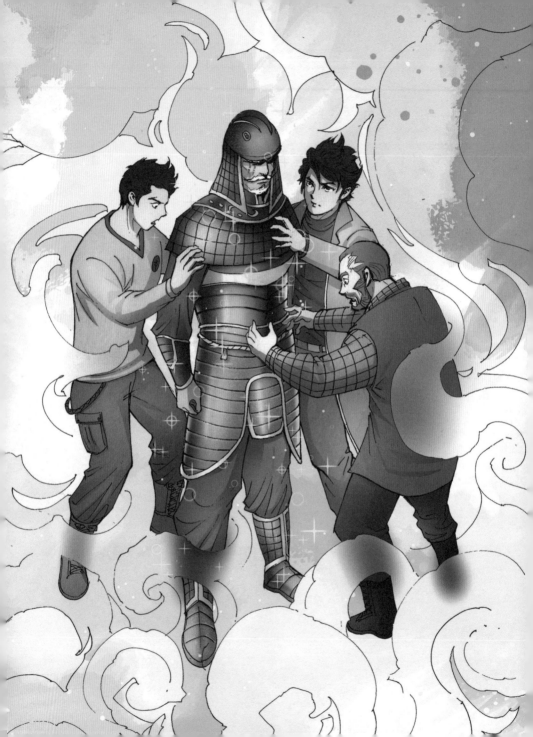

這時，他就在我們面前，和我們一樣高大，我們三人不由自主地一起伸手，想去碰碰他，但我們當然什麼也碰不到，因為他只不過是依靠**濃霧**形成的一個**立體投影**。

他變得和我們一樣大小之後，笑說：「如果我現在見你們的**最高領袖**，實現他一個願望，他應該不會要求我們建造一個宏偉的陵墓吧？這真是可笑，死了之後要找一個他夢想的地方把**屍體**放進去。」

我深深吸了一口氣，苦笑道：「或許一樣會，兩千多年，地球上人類的思想其實並沒有進步多少，**人性**還是一樣。」

那巨人「**嗯**」了一聲，「生物的本能，要改變不容易，非常不容易，接近沒有可能。」

陳長青直到這時，終於忍不住叫了起來：「天！別討論這種問題了，**究竟是怎麼一回事？**」

巨人的神情相當溫和，「其實很簡單，那時候，我們經過你們居住的 **星體** ⬤ ，當然是在很遠的地方經過，無意之間，通過儀器，看到了有類似指示降落的建築，於是，我們就決定 降落 來看一下。」

聽到這裏，我們三人登時互望了一眼，心中都不禁呻吟了一聲：「**萬里長城** ！」

第二十章

不變的人性

那巨人又笑了幾聲，「當時我們以為，可以和水準極高的一種 生物 打交道，誰知降落後才發現，完全不是那麼一回事，那個看來像是指標一樣的建築，原來是為了自相殘殺而建造，簡直**難以想像**。」

陳長青和齊白張口結舌，我想急急為**地球人** 分辯幾句，說那是為了防止北方蠻族入侵而建造的，**野蠻人**的侵入，會殘殺 文明人。可是我張大了口，卻說不出來，因為我立時想到：難道只是野蠻人殘殺文明人？文明人沒有

殘殺野蠻人嗎？甚至，文明人和文明人之間，還不是一樣在

自相殘殺？地球人可以為千百種理由而自相殘殺，為

了糧食，為了女人，為了權力，為了宗教，為了主義……原

因有大有小，殘殺的規模也有大有小，自相殘殺的行為，自

有人類歷史記載以來，從未停止過！

所以，我跟齊白和陳長青一樣，張口結舌，甚至無地自容。

巨人並未注意到我們的反應，繼續說：「我們逗留在**地球**上的時間並不長，但對地球上生物自相殘殺的現象，感到相當好奇，所以研究了一下，發現有好幾種生物，有自相殘殺的天性，一種是**人**，還有一種是體型比人小得多的，你們稱之為**螞蟻**的生物。」

他講到這裏，我們三個人不禁發出了一下呻吟聲，在這個外星人眼中，人和蟻竟是一樣的，都只是「**地球上的生物**」而已！

這時候我實在不得不為人類挽回點面子，於是清了清喉嚨說：「人和蟻，總有點……不同吧？」

巨人說：「當然不同，你們有相當完善的思想系統，會進步。現在，你們之間的自相殘殺現象，一定已經不再存在了吧？」

一聽到他這樣問，我不禁低下了頭，心中難過到極。

那**巨人**一點惡意也沒有，絕非立心**譏諷**，他知道人類有相當完善的思想系統，以為經歷了兩千多年，人類的自相殘殺行為，早已停止了。

可是事實上怎麼樣呢？非但沒有停止，而且變本加厲，我身為地球人，無法在巨人面前抬得起頭來。

巨人見我沒回答，呆了片刻，便識趣道：「**啊啊**，我明白了。要改變生物的天性，非常不容易，接近不可能；但你們有完善的思想系統，應該可以改善的，可能只是你們未盡努力去做。」

對他的「**安慰**」，我只能長長地嘆了一口氣。

看來，當年他們「**好奇地研究了一下**」地球人，卻研究得相當透徹。那巨人繼續發表他對地球人的看法和意見，都是**一針見血**的客觀評論，赤裸裸地暴露了地球人的劣根性，我們實在不想聽下去。

等他告一段落，我們三人才鬆了一口氣，幾乎像是哀求道：「請說說你自己吧。」

那巨人會心一笑，說：「我們在長期的**星際飛行**中，如剛才所說，偶然地由於一個誤會來到地球，停留了一下就走了。」

「不是那麼簡單吧？」我問。

巨人笑了起來，「自然，也做了些事，研究過一些地球生物。在我們那裏，一個 ✦大領袖✦ 應該是 智慧 的最高代表，可是地球上的 皇帝，卻愚蠢得難以想像，他要求長生不死，又要求所有人都根據他的意志行事。

「他的那些要求，愚蠢到我們無法想像，最後，他提出要為他的 屍體 ☠ 找一個安放地方的要求，雖然可笑，但總比別的要求好一點，所以我們就答應了，替他建造了這樣一個偉大的 建築。」

齊白自鳴得意，「和我設想的完全一樣！」

我指了指地下，問一個關鍵問題：「這下面的一切設備，又是怎麼一回事❓」

那巨人回答道：「哦，下面是整個陵墓的 中樞。各個通道的 開 關 等等，全可以通過這個 控制台 來操作，

以人的 **腦** **能量** 來啟動。但我們一時疏忽，忘記了地球人對自己的腦能量根本一無所知，所以當時的人也不太懂那些設備怎麼用。」

這時，齊白忽然開口問：「那麼，你現在——我指真正的你——在什麼地方？」

巨人説：「在 **星際航道** 上，我們還在繼續飛行，只不過忽然接到了 **信號**，所以才和你們見面。」

陳長青興奮不已，「這麼説，以後我們隨時都可以和你見面和交談？」

巨人立刻搖頭，「不，只是一次，那是我們臨走時的承諾。皇帝要我們留下來別走，當然不可能。他要我們留下來，無非想借助我們的力量來幫他完成那些愚蠢的『**偉業**』。我們經不起他的懇求，就答應給他一次和我們 **會面** **對話** 的機會，也告訴他發信號給我們的方法，不過

他顯然未曾使用過，倒是在地球時間過了那麼多年之後，你們偶然地找到了這個方法。」

齊白緊張地問：「那異寶只能用來和你聯絡一次？」

巨人點點頭，「是。之後它的效用會消失，甚至連**磁性**也不再存在，變成一件沒有用的東西。」

齊白不禁苦笑道：「不會沒有用，至少可以造成**鑰匙扣**。」

「鑰匙扣**？**」巨人側頭細想，「我記起了，鑰匙是你們用來打開鎖的工具，而鎖就是用來保護一些東西，不被他人偷去或搶走。嗯，偷和搶，多麼奇怪的行為。」

我不禁黯然，如果地球人沒有各種卑劣的行為，那麼，地球上當然不會有**鎖**和**鑰匙**這樣的東西。

陳長青急忙地說：「一次也不要緊，你能和更多的人見見嗎？」

「只怕不行，下面接收裝置的 能量 快用完了，對，只剩十秒鐘，你們還想知道什麼？」

十秒鐘！我們想知道的事，十天十夜也問不完！

我們腦裏還在想着該問什麼的時候，那該死的十秒鐘就這樣過去了。我們**眼前忽然一黑**，等到視力恢復正常時，除了白茫茫的一片濃霧之外，什麼也沒有了。

過了好一會，我才說：「也該心足了，我們和正在作**星際飛行**的一個**外星人**，通了一次立體視像電話。」

齊白和陳長青也無可奈何地笑了笑，點頭認同。

齊白用探驪得珠法，將那塊失去效用的合金弄回上來，真的鑲成了一個鑰匙扣作留念。

回去後，卓絲卡娃又打過電話來。我答應過有結果就通知她，我不想食言，於是如實告訴她，只是在講述時，用上了 說書人 的語氣，並刻意將事件中最荒謬的地方先說出

來。卓絲卡娃以為我在瞎編故事作弄她，登時**大發雷霆**，沒聽完就掛線，以後也再沒有找我了。

而白素和溫寶裕聽了我們的經歷後，不禁慨嘆：「我們地球人在外星人面前丟盡臉了！」

我苦笑了一下，喃喃地重複着巨人的話：「**要改變生物的天性，非常不容易，接近不可能！**」

舉例說，什麼時候，地球人才會不知道鎖和鑰匙是什麼東西呢？

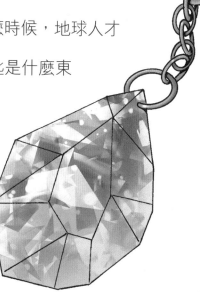

衛斯理系列 少年版 13

異寶 下

作　　　者：衛斯理（倪匡）

文 字 整 理：耿啟文

繪　　　畫：鄺志德

助理出版經理：周詩韵

責 任 編 輯：陳珈悠　彭月

封 面 及 美 術 設 計：BeHi The Scene

出　　　版：明窗出版社

發　　　行：明報出版社有限公司

　　　　　　香港柴灣嘉業街 18 號

　　　　　　明報工業中心 A 座 15 樓

電　　　話：2595 3215

傳　　　真：2898 2646

網　　　址：http://books.mingpao.com/

電 子 郵 箱：mpp@mingpao.com

版　　　次：二〇二〇年七月初版

　　　　　　二〇二二年七月第二版

I S B N：978-988-8526-83-3

承　　　印：美雅印刷製本有限公司

© 版權所有 • 翻印必究

本書之內容僅代表作者個人觀點及意見，並不代表本出版社的立場。本出版社已力求所刊載內容準確，惟該等內容只供參考，本出版社不能擔保或保證內容全部正確或詳盡，並且不會就任何因本書而引致或所涉及的損失或損害承擔任何法律責任。